LES PALADINS,

COMÉDIE-BALLET,

EN TROIS ACTES,

REPRÉSENTÉE, POUR LA PREMIERE FOIS,

PAR L'ACADÉMIE-ROYALE

DE MUSIQUE,

Le Mardi 12 Février 1760.

PRIX XXX SOLS.

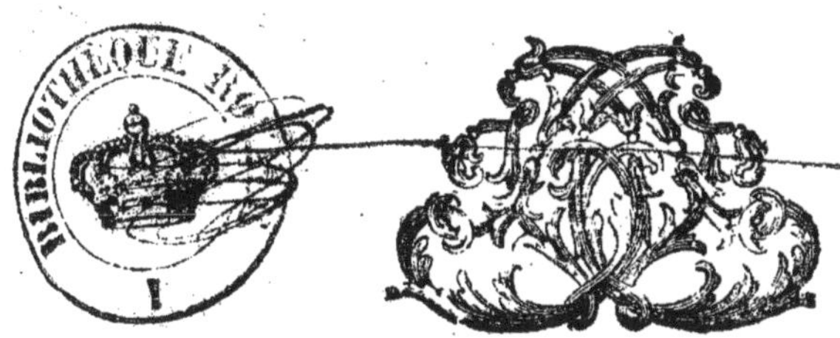

AUX DÉPENS DE L'ACADÉMIE.

A PARIS, Chez DE LORMEL, Imprimeur de ladite Académie, rue du Foin, à l'Image Ste. Geneviéve.

On trouvera des Livres de Paroles à la Salle de l'Opera.

M. DCC. LX.

AVEC APPROBATION ET PRIVILEGE DU ROI.

La *Musique* est de Monsieur R A M E A U.

ACTEURS CHANTANTS
DANS LES CHŒURS.

Côté' du Roi.		Côté' de la Reine.	
Mesdemoiselles.	*Messieurs.*	*Mesdemoiselles.*	*Messieurs.*
Larcher.	Lefevre.	D'alliere.	S. Martin.
Cazau.	Le Page.	Massont.	Albert.
			Jaubert.
Letourneur.	Archambaud.	Salaville.	Tourcaty.
La Croix.	Durand.	D'auger.	Touvoys.
Durand.	Scelle.	Lachantrie.	Chappotin.
	Rose.		Favier.
Flamery.	Robin.	Edmée.	Feret.
Fontenet.	Antheaume.	Roussel.	Du Perrier.
			Boy.
Delor.	Parant.	Héry.	Dupont.

ACTEURS CHANTANTS.

MANTO, *Fée.*   Mr. Pillot.

ANSELME, *Sénateur, & Tuteur*
 d'ARGIE,   Mr. Gélin.

ARGIE, *jeune Italienne,*   Mlle. Arnoud.

ATIS, *Paladin,*   Mr. Lombard.

ORCAN, *Serviteur* d'ANSELME,
 & Gardien d'ARGIE.   Mr. Larrivée.

NÉRINE, *Suivante* d'ARGIE.   Mlle. Lemiere.

UN PALADIN,   Mr. Muguet.

PALADINS, *& leur suite, sous*
 plusieurs déguisements.

TROUBADOURS & MÉ-
 NESTRELS, *de la suite* d'ATIS.

SERVITEURS d'ANSELME.

SUIVANTS *de* MANTO, *sous la*
 forme de CHINOIS *& de* PAGODES.

LA SCÈNE *est dans le Château* d'ANSELME &
aux environs.

PERSONNAGES DANSANTS.

ACTE PREMIER.

PÉLERINS & PÉLERINES.

M^r. LYONNOIS.   Mlle. LYONNOIS.

Mlle. RIQUET.

M. BEATE.   M^r. LECLERC.

M^{rs}. Trupty, Rivet, Defplaces, Hamoche, Cezeron, Groffet.

Mlles. Martigny, Tételingre, Saron, Dornet, S. Félix, l'Efcaut.

ACTE SECOND.

DÉMONS.

M^r. LAVAL.

M^{rs}. HYACINTE.   DUPRÉ.

M^{rs}. Hus, Rivet, Defplaces, Hamoche.

PALADINS & leurs DAMES.

M^r. VESTRIS.   Mlle. VESTRIS.

M^r. LYONNOIS.

M^{rs}. Lelievre, Trupty, Gardel.

Mlles. Couppé, Demiré, Lacour.

TROUBADOURS.

M^r. LANY.   Mlle. LANY.

M^{rs}. Levoir, Valentin, Groffet.

Mlles. Chaumard, Mefcar, Dumonceau.

ACTE TROISIEME.

PAGODES.

Mr. BEATE.   Mlle. LECLERC.

M. Cezeron, Valentin, Groſſet.
Mlles. Valentin, Baſſe, Rey.

PALADINS & leurs DAMES.

M. VESTRIS.

Mrs. Lelievre, Trupty, Gardel.
Mlles. Couppé, Demiré, Lacour.

CHINOIS & CHINOISES.

Mr. LANY.   Mlle. LYONNOIS.

M. Hus, Rivet, Deſplaces, Hamoche.
Mlles. Riquet, Meſcar, Lacour, Dumonceau.

LES PALADINS,
COMÉDIE-BALLET.

ACTE PREMIER.

Le Théâtre représente la principale entrée d'un vieux Château, près d'un Bois. On voit des Tours & des Grilles qui deffendent ce Château.

SCENE PREMIERE.
ARGIE, NÉRINE.
ARGIE.

TRiste séjour, Solitude ennuyeuse,
Que votre aspect m'est odieux !

Le retour d'un Jaloux, qu'on attend dans ces lieux,
> Doit vous rendre encor plus affreuse !

Triste séjour, Solitude ennuyeuse
Que votre aspect m'est odieux !

NÉRINE.

L'himen qu'on vous prépare embellira ces lieux.

ARGIE.

Ah, qu'ôses-tu me faire entendre !

NÉRINE.

Qu'il faut attendre
L'Époux qui vous est destiné :
Et goûter l'espoir de lui rendre
Le tourment qu'il vous a donné.

ARGIE.

Quel espoir veux-tu qui me reste ?
Atis peut être ne vit plus :
Et, s'il respire encore, un obstacle funeste
Rend mes vœux superflus.

NÉRINE.

L'amant, peu sensible & volage,
Craint l'obstacle le plus leger ;
L'amant, que plus d'amour engage,

S'il

S'il voit augmenter le danger,
Augmente de courage.

*(Une Symphonie annonce l'arrivée d'*ORCAN*.)*

SCENE II.

ARGIE, NÉRINE, ORCAN.

ORCAN, avant de paroître.

ARgie!.. hola!.. Nérine!.. où portés-vous vos pas?

NÉRINE.

J'entends le bruit des clefs, & la voix du Cerbere
Qui ne nous quitte pas.

ORCAN.

Rentrés !

ARGIE ET NÉRINE.

Quelle rigueur auftere !

NÉRINE.

Aimable Orcan, laiffe-nous refpirer.

ORCAN.

Rentrés !

ARGIE ET NÉRINE.

Un moment.

B

ORCAN.

Non, non ; c'eſt trop différer.

ARGIE ET NÉRINE.

Ah , quelle contrainte févere !

NÉRINE , à Argie , à part.

Cédés à ſa rigueur.
Je vais, pour l'adoucir , écouter ſon ardeur.

(Argie ſe retire.)

SCENE III.

NÉRINE, ORCAN.

NÉRINE.

SEras-tu toûjours inflexible,
Cruël tiran de nos plaifirs ?

ORCAN.

Je te l'ai dit cent fois, le fecret infaillible
De me rendre fenfible,
C'eft de répondre à mes defirs.

NÉRINE.

Eh ! comment veux-tu que l'on aime
Dans ce trifte féjour ?

Confidere toi - même
L'Afpect de ces barreaux, l'ombre de cette tour,
Le cri de ces oifeaux, qui volent à l'entour.
Tes yeux d'Argus, ta voix de Polyphême,
Peuvent - ils infpirer l'amour ?

Eh ! comment veux - tu que l'on aime ?

ORCAN.

Ce lieu, fi tu m'aimois, te paroîtroit charmant.

B ij

Tu trouverois ma voix plus tendre & plus sonore,
Tout s'embellit, tout s'éclaire en aimant.
L'amour fait d'un cachot le palais de l'Aurore;
Ce lieu, si tu m'aimois, te paroîtroit charmant.

Mais ton cœur répond froidement
Au feu qui me dévore.

NÉRINE.

Prends pitié de notre tourment!
Écoute, Orcan, je finîrai tes peines;
Brise nos fers, sortons de ce tombeau.
Ta voix surpassera le charme des Sirênes,
L'Amour, auprès de toi, nous paroîtra moins beau.

ORCAN.

Tais-toi, perfide enchanteresse!
Crois-tu donc surprendre ma foi?

NÉRINE.

Par ta pitié prouve-moi ta tendresse.

ORCAN.

La pitié n'est qu'une foiblesse.

NÉRINE.

C'est l'Amour qui t'en presse;
Mon cher Orcan, écoute-moi.

ENSEMBLE.

NÉRINE. . . . . . Orcan ,écoute-moi.

ORCAN. . . . . . Non , non , retire-toi.

NÉRINE. . . . . Écoute-moi.

ORCAN. . . . Retire-toi.

*(On entend une Symphonie éloignée ,
& les sons d'une Musette.)*

ORCAN.

Quels concerts insolents ôfent se faire entendre ?
Ah ! c'eft quelqu'amant suborneur.
Courons , gardons de nous laiffer surprendre.

NÉRINE.

Quelle nouveauté ! quel bonheur !

*(Orcan sort , Argie rentre en même-
tems par le côté oppôfé.)*

SCENE IV.

ARGIE, NÉRINE.

ARGIE.

QU'ai-je entendu ?

NÉRINE.

Reftés : je vais vous en inftruire.

(Nérine entre dans la Couliffe.)

ARGIE.

Quel espoir pourroit me séduire !
Trop funestes accords ! peut-être annoncés vous
Mon himen & mon esclavage ?

    (*La Symphonie se fait entendre de plus*
    près, & devient plus touchante.)

Mais les sons que j'entends n'ont rien d'assés sauvage,
    Pour être le présage
Du retour affreux d'un jaloux.

NÉRINE, rentrant sur la Scêne avec précipitation.

Accourés, venés voir ; c'est un enchantement.

    A R G I E.

Qu'as-tu donc vu ?

    N É R I N E.

        J'ai vu paroître
Des Pélerins le plus charmant.
Sa voix ravit d'étonnement :
Il a mille secrets qu'il vous fera connoître.
Cet homme est un trésor ; & je ne sais comment
A chaque mot qu'il dit, aussi-tôt il fait naître
    Or, bijoux, perle, dïamant.....
Accourés, venés voir ; c'est un enchantement.

A R G I E.

Eh fi c'étoit Anfelme ! il eft caché peut-être
Sous ce trompeur déguifement.

N É R I N E.

Ah , Dieux ! peut-on s'y méprendre ?
Eft-il beau comme le jour ?
Sait-il des chanfons d'amour ?
A-t-il de l'or à répandre ?

Orcan veille de ce côté ;
L'Étranger peut ici fe rendre.
Un inftant de félicité
Eft toûjours bon à prendre.

A R G I E.

D'un inconnu quel plaifir puis-je attendre ?
Que me font ces tréfors, ces charmes que tu dis?
Encor fi c'étoit mon Atis.
(*La Mufette recommence fes chants , que répéte l'écho.*)

N É R I N E.

Ecoutés , écoutés les fons de fa Mufette :
L'écho les répéte.
Écoutés.

A R G I E.

Mon âme eft trop inquïete.

NÉRINE.

Vos yeux en feront enchantés,
                              Sortés.

ARGIE.

Non, laiffe-moi, toute entiere à moi-même,
Rêver à ce que j'aime.

NÉRINE, allant au-devant des PÉLERINS.

Je veux rendre le calme à fes fens agités.

(*Argie s'affied dans un coin du Théâtre, & paroît rêver
profondément, fans faire attention à ce qui fe paffe.
Nérine amene les Pélerins, qui entrent en danfant.*)

SCENE V.

*ARGIE, NÉRINE, ATIS, en Pélerin,
jouant de la Mufette, PÉLERINS
de la fuite d'ATIS.*

ATIS.

Vºnés tous en pélerinage,
Accourés, Amants, venés tous.
Ah, que votre fort fera doux !
Accourés, Amants, venés tous.

Le bonheur eſt notre partage :
  Nous changeons de climats,
Sans trouver un climat ſauvage ;
L'Amour eſt toûjours du voyage ;
Et les fleurs naiſſent ſous nos pas.

Venés tous, &c.

On danſe.

ATIS, à ARGIE.

L'eſpoir nous mene au bout du monde,
  Il nous éveille chaque jour :
  Si nous courons la Terre & l'Onde,
C'eſt pour trouver un cœur digne de notre amour

ARGIE, *ſortant de ſa rêverie.*

Ah ! j'en poſſédois un ſi fidele & ſi tendre !
Je l'ai perdu.

ATIS & LE CHŒUR DES PÉLERINS.

Venés le chercher avec nous.

ARGIE.

Pour retrouver Atis que ne puis-je entreprendre
  Un voyage ſi doux !

ATIS, *ſe jettant aux piés d'ARGIE.*

Argie ! il eſt à vos genoux.

C

ARGIE.

Que vois-je ? & que viens-je d'entendre!
Ah, mon cher Atis! eft-ce vous?

ATIS.

C'eft lui qui vient vous deffendre
De vos tirans jaloux.

ARGIE.

Ah, mon cher Atis ! eft-ce vous ?

ATIS.

Sous ce déguifement il falloit vous furprendre.

Quand fous l'amoureufe loi
On fait braver les obftacles,
L'Amour fait des miracles:
Vous les méritiés tous, il les fait tous pour moi.
C'eft une Fée enchantereffe,
Qui feconde ici nos amours:
Pour prix d'un utile fecours,
Manto fervira ma tendreffe.

ARGIE.

Mon cher Atis, que ferons-nous ?
Anfelme arrive ici, pour être mon époux.

ATIS.

Vous m'aimés ?

ARGIE.

Je vous aime.

ATIS.

Défïons les jaloux.

ENSEMBLE.

Défïons les jaloux.

Que leur rage, que leur courroux
Augmentent nos plaifirs même,
Et les rendent plus doux !

(*Les Pélerins continuent leurs danfes.*)

SCENE VI.

ARGIE, ATIS et les PÉLERINS,
NÉRINE, *rentrant sur la Scêne avec effroi;*
ORCAN, *qui paroît ensuite armé ridiculement.*

NÉRINE.

Fuyés le sort qui vous menace ;
Orcan, prêt à combattre , avance dans ces lieux :
Il est armé d'une cuirasse.
Tremblés , tremblés !

ATIS.

D'un vil audacïeux
Laissés-moi confondre l'audace.

ORCAN, *à* ATIS *du fond du Théâtre.*

Fuis , redoute un affreux trépas....

Mais il ne craint point ma préfence !
Je meurs de peur s'il ne fuit pas ,
Et je suis perdu s'il avance.

ATIS.

Orcan, j'aime à voir ce grand cœur;
Et veux éprouver ton courage.

(Il se met en deffense.)

ORCAN, tremblant.

Sauve-toi ; ma bonté t'ouvre encore un passage.

ATIS.

J'aime mieux sentir ta valeur.
Deffends-toi.

(*Il lui porte un coup.*)

ORCAN, tombant de frayeur.

Je suis mort ! o fatale disgrâce !

ATIS, à sa suite.

Dans les fers qu'il soit arrêté.

ORCAN.

Belle Argie, obtenés ma grâce,
Pour prix du soin que vous m'avés coûté.
Nérine, ah, quel malheur ! Au nom de ta tendresse,
Implore sa bonté.

NÉRINE.

La pitié n'est qu'une foiblesse....

ORCAN, à NÉRINE.

Nérine, implore sa bonté.

ATIS, à sa suite.

Vous, dont le zele me seconde,
Venés, qu'il soit reçu soudain,
Qu'il soit armé Pélerin,
Pour l'envoyer au bout du Monde.

CHŒUR des PÉLERINS.

Qu'il soit armé, &c.

(*On fait, en danfant, les cérémonies de la réception
d'ORCAN, qui donnent lieu à fes frayeurs.*)

LE CHŒUR.

Hommage , rendons tous hommage
A ce joli Pélerin.

ARGIE, en le parant de Coquilles.

Daignés recevoir de ma main
L'ornement de ce Coquillage.

LE CHŒUR.

Hommage, &c.

ATIS, lui donnant le Chapeau.

Pour vous garantir du ferein
Voici le Chapeau du voyage.

LE CHŒUR.

Hommage, &c.

NÉRINE, lui donnant le Bourdon.

Prenés, pour vous mettre en chemin,
Le Sceptre du pélerinage.

LE CHŒUR.

Hommage, &c.

(Les Pélerins recommencent leurs danses, qui font in-
terrompues par le bruit de l'arrivée d'ANSELME.)

CHŒUR, *qu'on entend de loin.*

Ho, hé, ah, ah !

NÉRINE.

Qu'ai-je entendu ?
Tout eſt perdu !

ORCAN.

Anſelme arrive !

ARGIE.

Anſelme va paroître !

ORCAN.

Pauvre Orcan, que deviendras-tu ?
Que dira, que fera ton Maître ?

LE CHŒUR.

Fuyés, Atis ; ſauvons-nous.

A T I S.

Non, je veux braver son courroux :
Suivés-moi tous.

NÉRINE, *pendant que les autres Acteurs répé-*
tent les paroles précédentes.

C'est un éclair
Qui fend l'air,
C'est le tonnerre qui gronde :
Le bruit
Qu'il produit
Saisit,
Remplit
D'effroi tout le monde,
Qui fuit.

(Tout s'enfuit & se disperse dans le Bois.)

FIN DU PREMIER ACTE.

ACTE

ACTE SECOND.

Le Théâtre repréſente un Hameau, près du Château d'Anselme, qu'on voit dans le fond.

SCENE PREMIERE.

ANSELME, & ſes SERVITEURS,
à qui il fait ſigne de s'éloigner.

A N S E L M E, ſeul.

Mon cœur, tu n'as que peu d'inſtants
A deſirer l'objet que ces lieux vont te rendre.
Je vais conſoler un cœur tendre,
Que j'ai fait languir trop long-tems

Mon cœur, tu n'as peu d'inſtants
A deſirer l'objet que ces lieux vont te rendre.
Mais quel bruit ! qu'eſt-ce que j'entends ?
(Orcan paroît en habit de Pélerin, & court comme un homme égaré.)

D

SCENE II.

ANSELME, ORCAN.

ANSELME.

QUe vois-je ? eft-ce lui qui s'avance ?
Malheureux ! veux-tu t'arrêter ?

ORCAN.

Ah, Seigneur ! fauvés vous ; fuyés en diligence.

ANSELME.

Que veux-tu dire ?

ORCAN.

           Ils vont faire porter
Le Bourdon à votre Excellence.

ANSELME.

Quelle ivreffe, ou quelles vapeurs
Ont fait naître cette démence ?

ORCAN.

Des Pélerins ! . . . des Enchanteurs ! . .

ANSELME.

Que fait Argie ?

ORCAN.

Argie... eſt en pélerinage.

ANSELME.

Es-tu fou ?

ORCAN.

Si vous êtes ſage
Craignés d'irriter leurs fureurs.

(ARGIE paroît au fond du Théâtre habillée en Péleri-
ne, & chantant l'air des Pélerins.)

Argie en ſaura davantage.

(ARGIE appercevant ANSELME, ceſſe tout-à-coup de
chanter ; ORCAN ſort.)

SCENE III.

ANSELME, ARGIE, *en Pélerine.*

ANSELME.

SOus quel déguifement, o Dieux !
Vous me rendés votre préfence !
Argie, eft-ce ainfi qu'à mes yeux
Doit paroître votre innocence ?

ARGIE.

Seigneur. . . .

ANSELME.

Expliqués-moi ce myftere odieux.

ARGIE.

Que je crains ce moment terrible !

ANSELME.

Non : ôsés tout me déclarer.
Qu'alliés-vous faire ?

ARGIE.

Hélas ! j'allois vous délivrer
D'un objet toûjours infenfible,
Qui pour vous ne peut foûpirer.

ANSELME.

Vous méditiés, perfide ! une action fi noire ?

O Ciel! le puis-je croire ?
Quand je viens pour vous adorer,
Quand j'apporte à vos piés tant de marques de gloire
Dont Rome & le Sénat viennent de m'honorer,
Vous méditiés, perfide! une action si noire ?
O Ciel! le puis-je croire ?
Nommés l'auteur de ce deſſein.

A R G I E.

Atis, un jeune Paladin.

A N S E L M E.

Un homme! . . .

A R G I E.

Épris de moi, tout autant que je l'aime,
Atis eſt ſi charmant ! ſon langage eſt ſi doux ! . . . .
Si vous voyiés Atis, vous vous feriés vous-même
Un crime d'en être jaloux.

A N S E L M E, *à part.*

Le monſtre !

A R G I E.

Il vous déplaît, & moi je vous offenſe :
Soufrés donc qu'avec lui j'emporte loin de vous
L'ennui de ma préſence.

A N S E L M E, *à part.*

Il faut cacher mon courroux.

[*à Argie.*]

J'ai donc perdu tout espoir de vous plaire?

A R G I E.

Celui de vous aimer n'est pas né dans mon cœur.
Donnés - moi mon amant, & goûtés la douceur
D'être aimé comme un pere.

A N S E L M E.

Oui, j'y consens; j'immole ma colere:
Il faut céder à mon vainqueur. . . .

[*Il l'arrête.*]

Allés. . . . Vous ignorés, peut-être,
Qu'un trésor à ma garde autrefois fut commis:
Ce trésor est à vous. . . je n'en suis plus le maître,
Et par Orcan . . . bien-tôt il vous sera remis.
Adieu.

(*A R G I E* *sort*; *A N S E L M E* tire un *Poignard de des-
sous sa robe.*)
C'est ce Poignard, perfide!
Dont je veux te percer le sein :
Mais, pour ne pas souiller ma main,

Un autre en sera le guide.

(ORCAN traverse le Théâtre ; NÉRINE le suit, sans être apperçue.)

SCENE IV.

ANSELME, ORCAN.

ANSELME, le Poignard à la main.

A Pproche, Orcan.

ORCAN.

O Ciel ! que voulés-vous ?

ANSELME.

Ta mort, ou ton obéiffance.

ORCAN.

J'obéirai.

ANSELME.

Tu vas porter mes coups
A la parjure qui m'offenfe.

ORCAN.

Je frémis !

ANSELME.

Point de réfiftance ;
Redoute ou fers mon courroux.

(*Il remet à* ORCAN *un Poignard & du Poiſon, & il ſe retire :* NÉRINE *court avertir* ATIS *de ce qui ſe paſſe.*)

SCENE V.

ORCAN, *ſeul.*

JE puis donc me venger moi-même
D'Argie & de ſon Paladin ! . . .
Mais d'où vient que ce fer qu'on a mis dans ma main
Glace mon cœur d'une frayeur extrême ?

(NÉRINE *paroît au fond du Théâtre, & écoute* ORCAN.)

Orcan, tu vas commettre un forfait odïeux !
Son ombre chaque nuit, paroîſſant à tes yeux,
Demandera vengeance !
Ah ! je meurs de peur quand j'y penſe !
Je tremble à me voir ſeul dans ces funeſtes lieux,
Et je frémis de leur ſilence.

SCENE

SCENE VI.

NÉRINE, *revenant & feignant de ne pas voir* ORCAN. ORCAN, *qui se tient à l'écart pour écouter* NÉRINE.

NÉRINE, *haut.*

C'Eſt trop ſoûpirer :
Je veux déclarer
L'ardeur qui m'enflâme.
Ah ! je ſens mon âme
Prête à s'égarer.
Ne reviendras-tu point, cher Orcan, que j'adore ?

[ORCAN *approche doucement.*]

[*Bas.*]
Je le vois qui ſuit mes pas ;
L'imprudent ne ſait pas,
Ne voit pas,
N'entend pas,
L'appas :
Feignons encore.

[*Haut.*]
C'eſt trop ſoûpirer, &c.

E

ORCAN, interrompant NÉRINE.

Le voilà cet amant qui cause ton martire.

ENSEMBLE.

Ah, quel trouble je ressens !
Dis-moi ? ... Je ne puis dire
Quelle ardeur, quel délire,
Quel transport agite mes sens !
Non, non, je ne puis dire, &c.

ORCAN.

Il faut se rendre, il est tems.

NÉRINE, regardant dans le Bois.

Attends.

ORCAN.

Beauté sauvage,
C'est trop long-tems
Me faire outrage.

NÉRINE.

Attends ;
C'est trop me faire violence.
Esprits vengeurs, venés, volés à ma défense.

(*Un bruit effrayant se fait entendre ; une Troupe de Démons & de Furies sort du Bois précipitamment, & environne* ORCAN.)

SCENE VII.

ORCAN, NÉRINE, ATIS & *les autres* PALADINS, *déguisés en furies & en démons.*

ORCAN.

QUel bruit ! quels monstres ! justes Dieux !
Tout l'Enfer contre moi s'élance !

ATIS, déguisé en furie, aux Démons.
Vengés, vengés l'innocence :
Dèsarmés ce furïeux.

(*Les Démons se saisissent du Poignard & du Poison qu'*ORCAN *avoit sur lui.*)

Démons, frappés votre victime :
Voilà les témoins du crime.

CHŒUR.

Frappons, frappons notre victime, &c.

ATIS ET LE CHŒUR.

Par ce fer tu périras :
De ce poison tu boiras :
Tu mourras.

E ij

ORCAN.

Ah, ne m'achevés pas!
De quoi suis-je donc coupable ?

ATIS ET LE CHŒUR.

Misérable !
Par ce fer tu périras :
De ce poison tu boiras :
Tu mourras.

On danse.

UN PALADIN, déguisé en Furie.

Je suis la furie
Qui crie
Au fond du cœur des Jaloux :
Je punis les cruëls époux,
Et j'imite la barbarie
Des ministres de leur courroux.

On danse.

SCENE VIII·

Les Acteurs de la Scène précédente.,
ARGIE, NÉRINE.

ATIS, à ORCAN, en lui montrant ARGIE.

Onstre ! vois la beauté que menaçoient tes
  armes :
a terre alloit par toi perdre tous ces tréfors.
  Contemple, admire tant de charmes,
  Pour emporter plus de remords.

O R. C A N.

Madame Argie, hélas ! foyés plus pitoyable :
  Hélas ! hélas !
  Sauvés-moi du trépas.

A R G I E.

Laiffons vivre ce miférable.

A T I S.

Elle ordonne, amis, c'est affés.

[*On lâche ORCAN, qui s'enfuit.*]

Démons, Efprits reparoîffés
Sous une forme plus aimable.

[*Les* PALADINS *sortent, & vont quitter leurs*
déguisements.]

ATIS, à ARGIE.

Espérons un destin plus doux;
Manto nous vangera du tiran qui nous reste,
Par le tourment le plus funeste
Que peut sentir l'amour jaloux.

SCENE IX.
ATIS, ARGIE, NÉRINE,
Les DAMES *Compagnes des* PALADINS, *les* PALADINS,
TROUBADOURS, MÉNESTRELS
*de la suite d'*ATIS.

ATIS, aux PALADINS.

Vengeurs des beautés qu'on outrage,
Je vous dois ma félicité :
Chantés la liberté
De l'aimable objet qui m'engage.
Formés les nœuds les plus charmants;
Attaqués les jaloux, rompés, brisés leurs chaînes
Le prix de tant de peines
Est le triomphe des amants.

CHŒUR des PALADINS & de leurs DAMES,
   avec ATIS qui s'y mêle.

Formés
Formons } les nœuds les plus charmants,

Attaqués } les Jaloux { rompés } leurs chaînes,
Attaquons }   { rompons }

Le prix de tant de peines
Est le trïomphe des amants.

(Danse des PALADINS, qui se réjouissent
de la délivrance. d'ARGIE.)

A R G I E.

Je vole, Amour, où tu m'appelles:
Prête-moi, prête-moi tes aîles.

  Quelles sont tes faveurs
  Pour les amants fideles:
Tu brises leur chaînes cruëlles,
Et tu les enchaînes de fleurs.

Je vole, &c.

[Entrée des TROUBADOURS & des MÉNESTRELS.]

N É R I N E.

Pour voltiger dans le boccage
  L'oiseau fuit la captivité;
Quel silence s'il est en cage!
  Quel doux ramage
  S'il est en liberté!

Pour ſerpenter ſur la verdure,
Le cours de l'onde eſt agité :
Il ſe taît s'il eſt arrêté.

Quel doux murmure
S'il eſt en liberté !

NÉRINE ET ATIS.

NÉRINE. . Pour ſerpenter, &c.
ATIS. . . Pour voltiger, &c.

(La Danſe recommence & eſt interrompue par un bruit
tumultueux.)

ATIS.

Quel nouveau bruit ſe fait entendre.

UN PALADIN.

Anſelme avance contre nous ;
Avec ſa ſuite armée il vient pour nous ſurprendre.

ATIS.

Dérobons ma conquête à l'ennemi jaloux.
Dans ces murs je puis me défendre
Et braver ſon courroux.

[ATIS , & toute ſa ſuite, entre dans le Château,
dont on ferme les portes.]

FIN DU SECOND ACTE.

ACTE

ACTE TROISIEME.

Le Théâtre repréfente le même lieu qu'au second Acte.

SCENE PREMIERE.

ANSELME, *une Épée à la main,* ORCAN, TROUPE *de* PAYSANS *& de* VALÈTS *armés pour attaquer le Château.*

ANSELME.

TU vas tomber fous ma puiffance,
Lâche & perfide raviffeur !
Ah ! je vais goûter la douceur

F

De percer à tes yeux l'Ingrate qui m'offenfe.

(*A fa Suite.*)

Venés, fecondés mon courroux :

Mon honneur outragé vous demande vengeance.

Vengeance ! o Vengeance !

Vous êtes l'unique efpérance

Des amants trompés & jaloux

Tu vas tomber, &c.

(*On difpôfe l'affaut.*)

A N S E L M E **,** *à la tête de fa Troupe.*

Attaquons ; fuivés-moi : courons à la vengeance.

C   H   Œ   U   R.

Attaquons, attaquons ; courons à la vengeance.

(*Comme on place les Échelles pour efcalader le Châ-*
teau , tout difparoît. O R C A N *& les autres Ser-*
viteurs d' A N S E L M E *l'abandonnent. Un Palais*
dans le goût Chinois , ouvert de tous côtés, &
fitué au milieu d'un jardin , fuccéde à la Décoration
précédente ; le dedans du Palais eft orné de plufieurs
groupes de Figures de la Chine.)

A N S E L M E, *qui a jetté ses Armes*
pendant le changement.

Mais o Ciel! ce Château disparoît à mes yeux!
Quels Jardins délicieux
Ont tout-à-coup pris naissance!
Quel superbe Palais s'éleve jusqu'aux Cieux.

(*Il considére ce Palais*, & *voit une Esclave qui tra-*
verse le Théâtre.)

Dieux! quel étrange objet à mes yeux se présente?

S C E N E I I.

ANSELME, MANTO, *sous la forme*
d'une Esclave Maure.

A N S E L M E, *arrêtant M A N T O.*

ESclave, contentés mes desirs curïeux.
De quel Dieu vois-je ici la demeure éclatante?
A qui sont ces trésors?

M A N T O.

Ces trésors sont à moi.

A N S E L M E, *se jettant à ses piés.*

Déesse! pardonnés si je n'ai pu connoître....

M A N T O.

Je te pardonne; & des biens que tu voi

A l'inftant, fi tu veux, je puis te rendre maître.

A N S E L M E.

Grande Divinité !

M A N T O.

Je ne veux que ta foi
Pour prix d'un fi rare avantage.

A N S E L M E.

Voyés & mon front & mon âge.

M A N T O.

Tu me plais ; je veux ton hommage.

Le printems
Des amants
Rend leur flâme trop volage ;
Le fardeau de l'âge
Rend les amours plus conftants.
Le printems
Des amants
Rend leur flâme trop volage.

A N S E L M E.

Mais votre cœur enfin peut-il être flaté….

M A N T O.

De ta gravité,

De ta majesté
Mon cœur enchanté,
Veut que le tien m'engage
Sa liberté.
Confidere auſſi la beauté
Qui ſera ton partage.

ANSELME.

Mais ſi je ſuis un autre loi....

MANTO.

Je veux l'honneur du ſacrifice.
Garde-toi d'héſiter ; ou d'un mot, devant toi
Je renverſe cet édifice.

ANSELME.

Ah , quel dommage qu'il périſſe !

MANTO.

J'entends l'aveu de ton amour.

(*S'adreſſant aux Pagodes qui ornent ſon Palais.*)
Étrangeres beautés , qui parés ce ſéjour ;
Animés-vous ; rendés à ce que j'aime
Les honneurs que mon choix lui deſtine à ma Cour.
Écoutés mon ordre ſuprême

(Les Pagodes , qui commencent à remuer la tête , s'a-
niment insensiblement , & quittent leurs places ,
pour venir rendre hommage à ANSELME , en dan-
sant autour de lui dans leurs attitudes comiques.)

M A N T O.

Pour répondre encore à mes vœux
Permèts que l'amitié soit témoin de mes feux.
Paroissés , belle Argie.

A N S E L M E, appercevant ARGIE.

Où me cacher ? c'est elle !

[ARGIE *s'avance* ; MANTO *se retire au fond du*
Théâtre.]

SCENE III.

ARGIE, ANSELME, [MANTO.

A R G I E.

ANselme soûpirant aux piés de cette belle !

A N S E L M E.

Je suis perdu !

A R G I E.

Quoi ? dans le même jour
Être si cruël & si tendre !

Il faut favoir vaincre l'amour
Pour avoir droit de le deffendre.
Atis, le bel Atis eft fait pour m'enflâmer;
Mais vous devés rougir du feu qui vous dévore:
Le crime n'eft pas d'aimer;
C'eft le choix qui dèshonore.

ANSELME.

Ah! connois mieux mon cœur & mes projèts:
Ingrate! à cet amour quand j'ai rendu les armes,
C'étoit pour t'enrichir des dons que l'on m'a faits:
Et je n'envïois ce Palais.
Que pour l'embellir de tes charmes.

ARGIE.

Si je veux des palais, Atis m'en donnera.
Sans mon Atis en peut-il être?
Si je veux des tréfors, c'eft lui qui les fait naître;
Et je les aurai tous, tant qu'Atis m'aimera.

ANSELME.

Vengeons cet outrage!

ARGIE.

Quels feux
Honteux
Pour un Sage!

MANTO, à ANSELME.

Mon amour comblera tes vœux ;
Que nous ferons heureux !

ANSELME, à MANTO.

Non, je romps tous ces nœuds.
(*à ARGIE.*)
Perfide ! c'eſt-là ton ouvrage.

ARGIE.

Je trïomphe ! plus d'eſclavage.

ANSELME à ARGIE, MANTO à ANSELME.

Tu me ſuivras,
Tu m'aimeras,
M'adoreras ;
Oui, perfide ! tu me ſuivras.

ARGIE.

Je trïomphe ! plus d'eſclavage.

ANSELME.

Je meurs de honte & de rage.

SCENE

SCENE IV.

ANSELME, ARGIE, MANTO,
ATIS, NÉRINE.

MANTO, à ANSELME.

REconnoiffés Manto fous ce déguifement.

[*à ATIS.*]

Approchés Atis. Je dois rendre
La beauté la plus tendre
Au plus fidele amant.

[*Elle les unit.*]

ATIS ET ARGIE.

O Divinité fecourable !

MANTO.

Je veux que ces jeux enchanteurs
Forment ici pour vous la cour la plus aimable.
Goûtés d'autres plaifirs. Je laiffe dans vos cœurs
Un enchantement plus durable.

[*Elle fe retire.*]

NÉRINE, à ANSELME.

Manto vous rend la liberté.

[*On entend le prélude de la fête.*]

Je vois la foule qui s'avance.
Des caprices de leur gaîté
Sauvés, fauvés votre Excellence.

G

(*Anselme sort désespéré. Les Paladins & autres Suivants d'Atis, sous divers déguisements, entrent en foule sur la Scêne.*)

SCENE DERNIERE.

ATIS, ARGIE, NÉRINE, *Paladins & autres Suivants d'Atis, sous divers déguisements. Suivants de Manto, sous différentes formes grotesques.*

ARGIE.

AH, que j'aimerai mon vainqueur !

ATIS.

Tu feras mon bonheur.

ARGIE.

Je ferai ton bonheur.

Par une ardeur

Toûjours nouvelle.

ATIS.

Toûjours nouvelle ?

Oui, je le sens par mon cœur,

Tu me feras toûjours fidele.

ARGIE.

Toûjours fidele.

ENSEMBLE.

L'Amour pourroit il nous quitter,

Quand nous formons pour l'arrêter,

Une chaîne si belle ?

A R G I E.

Pour moi l'Amour s'enflâmeroit,

A T I S.

Pour moi Pfyché foûpireroit,

E N S E M B L E.

Je te ferois toûjours fidele.

On danfe.

C H Œ U R.

L'Amour chante, l'Himen foûpire.
Belles chantés }
Chantons, chantons } avec l'Amour.
Faites }
Fefons } retentir ce féjour
Des accords riants qu'il infpire.

NÉRINE, puis le CHŒUR *qui fe joint à elle.*

Livrés-nous
Vos époux;
Nous favons les inftruire.
Pour réduire
Un jaloux,
C'eft de le tromper & d'en rire.

L E   C H Œ U R.

L'Amour chante, &c.

(*Les Suivants de* MANTO *, sous différentes figures Chinoises, entrent en dansant, & forment un Ballet-Pantomime, à la fin duquel toutes les autres Troupes se joignent à eux.*)

A T I S.

Lance, Amour, tes traits vainqueurs :
Jouïs de ta victoire.
Nous voulons augmenter ta gloire
Par la constance de nos cœurs.

Lance, Amour, tes traits vainqueurs :
Jouïs de ta victoire.

L E   C H Œ U R.

Loin de nos jeux,
Époux fâcheux ;
Fuyés, fuyés, Soucis ombrageux.
Liberté, regne sur nous,
Chantons, rions, en dépit des jaloux.

[*Un Ballet général termine le Divertissement.*]

F I N.

APPROBATION.

J'Ai lu, par ordre de Monseigneur le Chancelier, *les Paladins*, *Comédie-Ballet.* A Versailles, le 17 Juillet 1759.

DE MONCRIF.

www.ingramcontent.com/pod-product-compliance
Ingram Content Group UK Ltd.
Pitfield, Milton Keynes, MK11 3LW, UK
UKHW022211070726
13613UKWH00004B/1587

9 782329 054674